# LETTRE

D'UN

## VIEUX SOLDAT A SON AMI,

SUR LES

### FORTIFICATIONS DE PARIS,

OU

Sur ce que quelques fous et quelques aveugles appellent
**L'EMBASTILLEMENT.**

PAR

**L. MAIRE,**
Ex-officier de l'Empire.

PRIX : 75 cent.

PARIS.
CHEZ TOUS LES MARCHANDS DE NOUVEAUTÉS.
ET RUE SAINT-JACQÉES, 131.

1844.

MEULAN. — IMPRIMERIE DE A. HIARD.

MON CHER AMI,

Un demi-siècle tout entier aura passé ce soir sur ma tête ; mais quelle que soit la neige qui la couvre, vous reconnaîtrez que tout ce qui est doux et beau, noble et grand, sait occuper ma pensée, et plus que jamais encore faire battre mon cœur. — Je suis bien fatigué du dévergondage et de la mauvaise foi de quelques prétendus amis de la liberté, et je viens me délasser avec vous. — J'aurais voulu ne pas livrer à l'impression cette riposte aux déplorables insinuations, aux insolentes attaques dirigées par Cabet et consorts contre le NATIONAL, je l'aurais voulu, dis-je, pour ne pas montrer à l'ennemi des plaies véritablement honteuses.

Mais la modération des dignes successeurs de Carrel, modération qui n'était que celle de la force, et que M. Cabet n'a pas comprise, cette modération n'a fait que rallumer la bile accusatrice de l'ex-procureur-général ; et, indépendamment du légitimisme dans toutes ses fractions, deux feuilles dans Paris s'acharnent encore, pour des intérêts qui ne sont

**1841**

pas ceux de la France, s'acharnent chaque jour à nous hurler le mot d'EMBASTILLEMENT et semblent en appeler à des passions simplement aveugles. Eh bien ! moi, vieux soldat, humble solitaire, étranger à toute espèce de cotterie et loin de toute spéculation, moi aussi je m'adresse aux nobles enfants du peuple, à tout homme ami de son pays, à tout homme véritablement digne du titre de citoyen, et viens faire entendre le cri de ma conscience ; ce cri ne sera que celui de la vérité.

Ce ne sont point de misérables émeutes, ce n'est point la guerre civile qu'il nous faut ; c'est la dignité de l'homme et la dignité de la patrie elle-même qu'il faut relever ; c'est la lumière que de toutes parts chaque jour il nous faut répandre ; c'est le progrès du bon sens, de la raison, de la morale, de l'équité, de l'éternelle justice qu'il nous faut chaque jour préparer ; ce sont les intérêts véritablement sociaux qu'il faut éclairer, persuader, convaincre, non effrayer, et moins encore essayer de bouleverser ; c'est la liberté enfin qu'il faut rendre triomphante !...... Et cette liberté que j'invoque et à laquelle tout cœur honnête, toute âme élevée, tout esprit généreux chaque jour se rallie, cette liberté, dis-je, est fille de Dieu même et sa plus noble inspiration : elle n'est point, elle ne saurait être le dévergondage de la pensée, l'aveuglement des passions, ou l'ignoble convoitise, ou la grossière, l'abrutissante et dégradante licence, si chère aux aristocraties vivant des sottises humaines, et si précieuse aux cabinets de l'étranger et à tous les exploitateurs des peuples.

Voici ma lettre telle que je vous l'avais préparée.

Je sais les efforts que tentent quelques fous pour vous aveugler sur ce qu'ils appellent l'EMBASTILLE-MENT de notre capitale. — Je prends sur moi de vous mettre en garde contre une propagande aussi dangereuse, aussi déplorable.

La question de fortifier Paris ou de ne le pas fortifier est une question toute vitale pour l'avenir de la France et la régénération de l'Europe. Cette question ne peut être traitée que de haut, et non terre-à-terre ; elle ne doit l'être qu'avec toute la gravité des événements passés, et la gravité peut-être plus grande encore des événements qui se préparent, c'est-à-dire enfin que, jusqu'à ce jour, elle n'a pu l'être par la rédaction habituelle du JOURNAL DU PEUPLE.

Comment, en effet, ce journal, qui ne veut jamais rien voir au delà de son horizon, et que soutiennent et escortent en ce moment les lazzi, les misérables quolibets du charivari, les calculs de la feuille Girardin, et les vœux unanimes, les vœux significatifs des diverses nuances ou fractions du légitimisme, et les petites raisons jalouses, et les machiavéliques combinaisons de l'avocat Mauguin, et par dessus tout cela le sourire satanique des chancelleries étrangères ; comment, dis-je, ce journal aurait-il pu traiter sérieusement la question des fortifications de Paris ?

Au travail patriotique et consciencieux, aux raisons irréfutables, aux considérations militaires, politiques, sociales et toutes-puissantes données pendant trois mois par le NATIONAL, l'honnête, mais trop petit Journal du peuple n'a pu répondre qu'en disant que ce même NATIONAL était tout saturé de stratégie !....

Voilà la portée de ces messieurs ! Parlez-leur des maîtres de la science, ils haussent les épaules !... Parlez-leur de nos vieilles guerres de la République et de l'Empire, ils entrent en fureur, ou bien ils en parlent comme des avocats ! Parlez-leur de notre histoire, ils ne la connaissent pas plus qu'ils ne comprennent la situation de l'Europe ! Et cependant ils se croient des foudres révolutionnaires, et plus encore des régénérateurs !

. Ailleurs, et pour tous nos Lycurgues à barbe de bouc ou sans barbe paradant au sein de vingt petits aréopages ou ridiculissimes forums, prétendus communistes, qu'est-il besoin d'étudier les faits, d'analyser les événements, de remonter à leurs causes, d'en apprécier les résultats, d'en prévoir les conséquences, d'en méditer les sévères leçons ? Est-ce que du haut de leur infaillibilité ils peuvent descendre à de semblables misères ! Avec des phrases de clubs, ils comptent bien écraser l'expérience, turlupiner la science, souffleter le génie, et puis en face de l'ennemi commun briser toutes les résistances, trancher tout, abattre tout, abîmer tout et puis enfin SAUVER TOUT.

Ainsi se le disent encore quelques petits enragés qu'animent et que poussent quelques petites ambitions non satisfaites ou en expectative, qui, après boire ou sur un sopha, retroussant fièrement leur moustache, s'animent, se pavanent dans leur gloire, non loin de la tombe délaissée du pauvre Jeanne, ou en face le sépulchre vivant du noble et trop confiant Barbès !

Relisez leurs Philippiques, repassez leurs saccades répétées, entendez leurs fausses jérémiades sur Paris incendié, Paris affamé, Paris asphyxié, Paris déshérité de ses carrières; écoutez enfin ce que, dans leur superbe orgueil, ils appellent *leurs réfutations*, vous y trouvez force arguties, force chicanes de procureurs, et pas un seul raisonnement qui puisse soutenir la discussion. C'est avec la foi la plus robuste que l'on n'y trouve pas le vide.

Ils vous disent : « Une ville d'un million d'habitants ne peut pas être fortifiée ; donc Paris ne peut pas l'être. » La science leur démontre le contraire, ils passent outre !....

Ils vous disent : « Le commerce et les arts vont fuir vos remparts. » On leur montre Venise couverte jadis de canons et régnant alors sur les mers, ils passent outre !....

On leur montre, au moyen âge, Florence armée jusqu'aux dents et conquérant sa liberté, ils passent outre !...

On leur montre dans Rome le château St.-Ange, et près de lui la merveille des arts, la basilique de St.-Pierre, couvrant de son ombre les ruines du capitole, ils passent outre !... Ce sont des exceptions, disent-ils.

On leur montre Gênes et Cadix, Hambourg et Dantzick, toujours florissantes, quoique fortifiées. Ce ne sont pas, disent-ils encore, des exemples à citer !...

On leur montre enfin la Belgique et la Hollande hérissées de forteresses, et où néanmoins la richesse ne disparaît pas, mais où, au contraire, le génie

commercial, la science agricole ont placé leur empire, ces messieurs encore passent outre et affectent
de hausser les épaules !... Le sourire béotien n'est
pas plus fin.

Après avoir bien répété que le travail et la richesse, le commerce et les arts allaient fuir de Paris
et le laisser, comme une autre Palmyre, dans un autre
désert, ils répètent avec les légitimistes : « Vous
abandonnez la France, vous la sacrifiez à Paris !

On leur répond que Vauban, en élevant les remparts de Lille, n'a pas sacrifié la Flandre ; et que
Metz et Strasbourg démantelées ne sauveraient ni la
Lorraine, ni l'Alsace. Ils comprennent tout cela, et
ils passent outre !

A part les grands moyens révolutionnaires, dont
je tiendrai compte plus tard ; ils ont tout d'abord
un argument, un aphorisme, une sentence chevale-
resque à grand effet et qu'ils croient irrésistible ;
malheureusement cet argument est aujourd'hui plus
sonore que solide, et malheureusement aussi, il
n'est que le pâle écho des insinuations intéressées,
très suspectes, profondément hypocrites et toutes
soporifiques de l'absolutisme et de l'émigration. Ce
grand argument, cet aphorisme si puissant, le voici :
« La poitrine des citoyens, voilà notre premier
rempart, voilà nos meilleures murailles ! » Oui,
sans doute ; mais dans le duel inévitable, le duel à
mort.

Entre le principe féodal et le principe humanitaire ;

Entre la barbarie et la civilisation ;

Entre le despotisme et la liberté ;

Entre le *fait* brutal et le *droit* équitable et bien-
faisant;

Le dernier duel enfin, entre la vieille Europe et
la France de l'avenir, ou celui des rois contre les
peuples; il est essentiel, il est utile, il est sage que
la poitrine des citoyens ne soit pas livrée totalement
découverte aux coutelas ou même aux glaives des
assassins et des traîtres. Est-ce que dans la galerie
de M. de Dreux-Brézé, ses nobles ayeux sont sans
cuirasse? Est-ce que M. de Lamartine reconnaîtrait
les siens, si comme les paysans de la Jacquerie, ils
n'avaient que des bâtons ou des fourches?—Il est
vrai qu'il y a 25 siècles, une armée Gauloise ne vou-
lut combattre les Romains, couverts de fer, qu'en-
tièrement nue. C'était là sans doute de l'héroïsme et
peut-être même de la poésie; mais les Romains eux
aussi n'étaient pas des lâches; ils furent vainqueurs,
et l'armée Gauloise, tout entière, fut exterminée.

Est-ce que nos faiseurs de guerre à la moyen-âge
voudraient la faire aussi comme nos héroïques ayeux
de la Gaule cisalpine et les descendants des Allobro-
ges et des Sénons?.. Non, non; ils la feront simplement à coups de plume. Celle-là est misérablement
tenace; voyez plutôt.

Il leur est démontré qu'avec un million de sol-
dats et deux millions de gardes nationaux rendus
libres dans tous leurs mouvements à la frontière
ou dans nos plaines, ce n'est pas cacher les drapeaux
de la patrie derrière des remparts, ce n'est pas aban-
donner la France à l'étranger. — Cloués sur leurs
bancs et ne pouvant plus souffler mot, ils revien-
nent cependant le lendemain à la charge; leur écri-

toire est frémissante ; leur orgueil saigne ; il faut à
tout prix en appeler aux passions sur lesquelles
seules ils comptent, avec lesquelles seules ils croient
pouvoir grandir !...

Ils vous disent encore : « A quoi vous serviront
désormais les forteresses de la frontière ?... — Elles
serviront ou pourront servir, en cas de revers, ce
que Metz servit à la France devant les cent mille
hommes de Charles-Quint ; elles serviront ce que
déjà Mézières avait servi, étant défendu par Bayard ;
elles serviront ce que St.-Jean de Losne a servi, défendu par ses seuls citoyens ; elles serviront ce que
Lille en Flandre servit en 1792 devant les fureurs
de l'archiduchesse Christine ; elles serviront, cha-
cune d'elles, ce que le fort de Kell, défendu par
Désaix, a servi devant l'armée entière commandée
par le prince Charles ; elles serviront ce que Gênes,
défendu par Masséna, a servi pour le salut de nos
foyers et les triomphes de l'armée de Marengo ; elles
serviront enfin ce à quoi elles ont toujours servi,
c'est-à-dire de point d'appui et de ralliement à nos
braves armées ou de volcaniques sorties par nos généreux citoyens. Non moins héroïques que Sarra-
gosse, elles seront plus heureuses et resteront
triomphantes comme Huningue, sans qu'aucune
race impie puisse de nouveau en abattre les remparts.

Et cependant nos malencontreux opposants *quand
même*, ne cessent de répéter avec Mauguin à la droite,
Garnier-Pagès à la gauche et l'aventureux Cabet en
tête : à quoi vous serviront les forteresses de la
frontière !...

Ils savent très bien que nul homme en France n'a l'intention de les abattre, et qu'il y a même des fonds assurés pour en élever de nouvelles à Laon, à Reims, à Soissons, à Langres, à Châlons-sur-Marne. Mais que leur importe! Ils passent outre et vous répètent encore : Vous attirez l'ennemi sur Paris!...

Il y a un instant, nos Girondins en plâtre en appelaient aux vieilles susceptibilités provinciales, et semblaient vouloir ressusciter les passions du fédéralisme et les opposer aux nobles élans du vrai patriotisme et de la majestueuse unité nationale; les voilà maintenant transformant leurs yeux en fontaines et pleurant, non plus sur les murailles de Jéricho, mais sur les sables qui doivent recouvrir les ruines d'une autre Babylone!...

Eh! oui, Messieurs! En fortifiant Paris, nous attirons l'ennemi, comme une indestructible porte en fer, à mille barres, à mille verroux, à mille cadenas, *attire* les voleurs!... Nous attirons l'ennemi, comme un effroyable ouragan, une horrible tempête *attirent* les navigateurs!... Nous attirons l'ennemi, comme le feu du ciel pouvait *attirer* jadis, et dans les siècles et dans les croyances bibliques, les misérables habitants des cinq villes judéennes, dont la pudeur défend de prononcer le nom!... Les gazettes censurées de l'Allemagne, les libellistes gagés d'Augsbourg, de Francfort, de Leipzick, de Vienne, de Berlin, de Pétersbourg et de Londres; les roueries de la Gazette, dite de France, les homélies de la Quotidienne, le silence de Berryer, les hurlements des loups-cerviers, le frémissement des ombres entassées dans les catacombes du Luxembourg, rien n'éclaire une certaine classe de prétendus régénérateurs, ou plutôt ils ont des yeux pour ne point voir et des oreilles pour ne pas entendre.

Echos sans le vouloir des rives de la Tamise, de la Sprée, du Danube et de la Néva, ils répètent avec Lamartine et la feuille Girardin. « Est-ce que le caractère français n'est pas d'aller toujours en avant? Est-ce qu'il peut s'astreindre à rester derrière des murailles?...

Derrière des murailles!... Mais, malheureux, où allez-vous prendre, répéter et ressasser sans cesse que des murailles s'élèvent simplement pour y renfermer notre armée?...

Toutefois, à Lamartine et à ses alliés, comme à tous ceux dont il est tour à tour le porte-voix ou l'instrument, alors qu'il descend de ses nuages, qu'il abandonne les régions éthérées et qu'il consent à s'occuper des choses d'ici-bas, nous répondrons :

Depuis quand le chantre de tant de rois, l'admirateur de l'autocratie, le froid contemplateur des massacres de la Pologne, le confident des chancelleries étrangères, le pieux adorateur des traités de 1814 et 1815, et tous les misérables prôneurs de l'abaissement continu et de la paix à tout prix, depuis quand peuvent-ils se permettre de nous parler d'honneur national? et depuis quand surtout peuvent-ils faire autorité pour des amis de la liberté et des hommes de la patrie?

Oui, sans doute, le caractère français est d'aller en avant. Mais Dumouriez, le trop fameux Dumouriez, n'a-t-il pas amené l'évacuation première de la Belgique?... N'avait-il pas Cobourg pour *allié*? N'avait-il pas Mack pour *confident*?...

Oui, le caractère français est d'aller en avant. Mais le vainqueur de Maubeuge, de Fleurus, d'Aldenhowen, Jourdan, à la tête de l'armée de Sambre-et-Meuse, n'a-t-il pas été ramené des confins de la Franconie, en deçà du Rhin et sur la Moselle? Et cependant il avait avec lui les Kléber, les Marceau, les Championnet!...

Oui, le caractère français est d'aller en avant. Mais est-ce que Moreau n'a pas fait manquer la première campagne du Danube? Est-ce que malgré ses cent mille hommes, il n'a pas rétrogradé du fond de la Bavière aux champs de l'Alsace? Et cependant il avait avec lui les Desaix, les Lecourbe, les Gouvion St.-Cyr.

Oui, le caractère français est d'aller en avant. Mais est-ce que Schérer, est-ce que Moreau encore, et Macdonald et Joubert n'ont pas été vaincus tour à tour aux champs de l'Italie? Est-ce que Soult, est-ce que Ney, est-ce que Masséna n'ont jamais été forcés à la retraite? Est-ce que le géant des siècles, le héros de cent batailles, le grand destructeur des coalitions, le vainqueur de l'Europe et le maître des rois, n'a pas lui aussi connu les revers, et malgré lui, n'avons-nous pas eu les horribles journées de Leipzick et de Waterloo?... La trahison seule les amena, dira-t-on. Oui, sans doute; mais la trahison encore ne peut-elle pas reparaître? Sachons, avant tout, prendre nos précautions, et cette trahison, sachons, avant tout, la rendre impuissante.

Dans une question d'où peuvent dépendre les destinées de la patrie, il ne s'agit pas de fermer les yeux, de ne vouloir rien entendre et d'affecter le

superbe entêtement d'un mulet. En présence de
toutes les passions, de toutes les fureurs ennemies,
il nous faut à tout prix, garantir l'indépendance
du sol, conserver pour cela même l'arche sainte de
la France, son immortelle capitale, et la rendre à
jamais la grande citadelle des nations.

Arrière les petits calculs, les petites passions,
les petits intérêts, et les voix simplement criardes,
et les poses de matamores, et les terreurs boursi-
cotières et les génuflexions d'esclaves, et les trem-
blements Lilliputiens!....

Il ne s'agit plus de bavardages d'écoliers, de
niaises rivalités de plumes, d'achalandage de bou-
tiques, de bénéfices d'éditeurs, d'amour-propre de
cotteries, de misérables intérêts de partis, et moins
encore de rodomontades de casernes ou de cracques
de bivouacs ; il s'agit de vérité.

La vérité est que tôt ou tard, mais dans un avenir
peu éloigné, la France, en raison même des principes qui constituent son existence, sa vie, sa force,
sa puissance, sa grandeur ; la France, dis-je, sera
attaquée par de nouvelles coalitions étrangères ;

Que ces coalitions seront mieux organisées que
celles de 1792 ; qu'elles seront mieux conduites,
mieux dirigées, plus compactes que les premières,
qu'enfin elles ne répéteront pas les tâtonnements,
les fautes grossières, les stupides attaques de leurs
dévancières dans les premières années de notre
révolution.

La vérité est que la race des rois n'a rien oublié
et ne peut rien oublier ; que les mendicitées dorées,
le misérable orgueil, les basses ambitions, les

avidités, le profond égoïsme ou les grossiers instincts qui l'élèvent, l'entourent, la prônent, la soutiennent ou l'exploitent, la tiendraient, au besoin toujours en éveil ;

Que les principes pour lesquelles se levèrent en masse, combattirent ou moururent nos Pères, n'ont rien pour toute cette même race de bien rassurant.

Elle avait signé contre l'honneur et l'existence même de notre Patrie et contre la dignité de l'espèce humaine tout entière, elle avait signé les traités de Mantoue, de Pavie, de Pilnitz, et au bout de cinquante ans, elle signe celui de Londres, suite et conséquence des actes du congrès de Vienne, en 1815.

La pensée absolutiste et l'exploitation aristocratique sont les ennemis nés, les ennemis naturels, les ennemis éternels de ce que le chef des Tartares, et les rois, ses complices, appellent les *principes français*.

Ces principes en effet arrachèrent de notre sol, dès 1789, l'arbre à mille racines, l'hydre aux cent mille têtes de la hideuse et dévorante féodalité, et mirent en pièces quatre ans après ses filles et ses sœurs et leurs rejetons.

Ces principes terrassèrent toute idée, toute pensée de monopole, de privilége, d'immoralité, d'exploitation ou de vol.

Par ces mêmes principes, toutes perfidies, toutes manœuvres, toutes trahisons royales, héraldiques, sacerdotales ou simplement aristocratiques, n'importe à quels titres, de quelle couleur et de quel étage, furent dévoilées, mises à nu, punies, anéanties ou chassées.

Ces principes étaient ceux-là mêmes pour lesquels les Gracques surent mourir, et pour lesquels Christ lui-même donna sa vie. Ils étaient ceux de l'éternelle justice, ils étaient ceux de la vertu armée contre le crime. Ils avaient enfanté une immortelle Revolution, ils combattirent pour elle, ils la firent triompher. Un moment méconnus ou trahis, ils ne sont pas moins impérissables, éternels; et avec eux, ce n'est plus aux nations, quels que puissent être encore les coups de la fortune, et les combats à livrer, ce n'est plus aux nations de se courber sous le fouet ou la hache de leurs oppresseurs; c'est désormais aux exploitateurs des hommes à pâlir, à trembler, à disparaître.... à disparaître pour toujours!...

Mais pour le plus sûr progrès du bon sens, de la raison, de l'équité; pour le triomphe plus prompt, plus certain d'une cause noble et belle, toute juste, toute morale, toute Française, toute nationale, toute sociale et toute sainte, il ne faut pas que la folie ou l'aveuglement nous entraîne; il ne faut pas que de petits dépits, de petites jalousies, de petites ambitions, de petites passions de cotteries, de misérables colères de clubs, cherchent à égarer et agitent sans cesse une jeunesse enthousiaste et généreuse, et nos honnêtes, nos braves et patriotiques ouvriers; il ne faut pas que l'esprit de mensonge vienne impunément se répandre parmi les dignes enfants du peuple; il ne faut pas qu'il puisse en imposer à la masse des citoyens, égarer la raison publique, corrompre la pensée nationale, transformer les nobles élans du patriotisme et de la liberté en rage aveugle, toujours frémissante, toujours écumante.

Ce n'est point avec du tapage, des cris, des vociférations, des hurlements que l'ouvrier élève sa pensée, ennoblit son âme, voit grandir son intelligence, et soutient son vieux père ou élève ses enfants.

Ce n'est point avec du tapage, des cris, des vociférations, des hurlements que la jeunesse nourrit son esprit et son cœur, et se prépare aux grandeurs de la patrie.

Ce n'est point avec du tapage, des cris, des vociférations, des hurlements, que l'on éclaire les pères de famille, que l'on persuade les cœurs honnêtes, que l'on ramène au bercail national les brebis égarées.

Le fanatisme de l'ignorance peut servir les intérêts de quelques rois, jamais ceux d'une grande et généreuse nation. Il peut servir encore les intérêts de quelques escompteurs ou fanatiques à froid; il froisse, il compromet, il souille, il outrage ceux de la liberté. Le grossier fanatisme, de quelque manteau qu'il se couvre, et quelque drapeau qu'il arbore, ne peut être que l'instrument du crime; il ne sera jamais l'auxiliaire de la gloire, et moins encore le compagnon de la vertu. Il est l'ennemi le plus dangereux de la cause du peuple, cause qui est celle de la France et de l'humanité entière.

Or, en présence des coalitions étrangères, et avec les enseignements de notre propre histoire, les épouvantables mécomptes, les terribles leçons d'un passé qui finit à peine et qui pèse si profondément sur

2

nous tous ; il y a mensonge, mauvaise foi ou profonde ignorance, aveuglement et fanatisme, de présenter le projet de loi voté par la Chambre des Députés, comme ne devant être que le simple embastillement de notre capitale.

Certes, nous aussi, nous savons d'où est partie la pensée première d'élever des fortifications qui ne seraient pas contre l'étranger. Nous savons ce que l'on se proposait bien aveuglement en ne voulant créer que de nouvelles et odieuses bastilles. Nous aussi nous savons de quoi le ministère de l'étranger, les hommes de Gand et autres lieux peuvent être capables. Mais ce que nous savons aussi, et ce que certaines feuilles et quelques pamphlets, jouant l'effroi, savent également bien, c'est que le mauvais vouloir, tout le savoir-faire, les basses intrigues, les roueries, les engagements, les trahisons, n'importe de qui, sont désormais le secret de tout le monde, et que désormais, devant le géant de la démocratie comme devant le bon sens, l'intérêt, l'honneur, la volonté, la toute-puissance de la France entière dont la démocratie est tout à la fois l'immense avantgarde et le corps de bataille, l'expression *embastillement* de Paris est aujourd'hui une niaiserie, un non sens ou un mensonge.

Les forts seuls ne s'élèveront pas ou seront abattus et détruits par la France elle-même, si l'enceinte continue et bastionnée n'en est pas la base.

Eh ! quel est d'ailleurs, aujourd'hui que tout est à découvert, quel est le pouvoir assez stupide pour se suicider de gaîté de cœur ? Un obus, un boulet, une bombe, jetés sur Paris, transformeraient une réunion d'écoliers en une insurrection générale?... Un Néron seul pourrait avoir cette folie, mais il ne vivrait pas deux heures. Un Tibère trouverait quelques sicaires, mais l'exécration publique les exterminerait en un jour. Un Tibère!... Mais sommes-nous donc Rome tremblante?..... Où sont les eunuques et les affranchis qui nous épouvantent?..... Où sont les Prétoriens?... Où sont les licteurs devant qui tout fuit?... Où est l'arène sanglante des gladiateurs?... Quelles bêtes vont nous dévorer?... A quels monstres allons-nous être jetés en pâture?... Où est enfin le trône, où est la loge du cirque, devant lesquels, avant de mourir, je vais aller dire : César, je te salue!...

Mais ceux qui, battus complètement à la tribune et battus plus complètement encore dans la presse, sont à bout de bonnes raisons, ne croyez pas qu'ils abandonnent les mauvaises.

Devant tout le savoir, l'expérience et le patriotisme des Haxo, des Valazé, des Bertrand, des Arago, et le patriotisme non moins grand, les hautes méditations des Vauban, des Napoléon, ils vous opposent les harangues à la Lamartine, à la Dreux-Brézé et le savoir faire des Molé, des Pasquier, des Mounier, et avec toutes les nuances du légitimisme et le cri des loups-cerviers; ils ne veulent aucune espèce de fortification!... Ils ont l'outrecuidance, la fatuité de crier à *l'absurbe!*... Ils insultent aux nobles images de la patrie!... Drouot, lui-même, cet homme digne de Plutarque, ce généreux et noble fils de la France, ce philosophe des camps, cet autre Catinat, cet homme enfin, de qui le grand capitaine et le dicta-

teur renversé a pu dire : « Drouot est un sage ; il est
» *le seul général* en Europe, capable de conduire une
» armée de cent mille hommes, et ce qu'il y a de
» plus beau, c'est qu'il ne s'en doute pas. » Drouot
de la part de nos faiseurs, ne recevra que des in-
jures !...

Hors de leur petite atmosphère, il n'y a plus qu'a-
nathême. Chaque jour ils osent insolemment tron-
quer les faits et mentir à l'histoire ! Ils jettent un
dédaigneux et stupide mépris sur tout ce qui n'est
pas de leur stratégie, mot qu'ils ne comprennent
même pas, science dont ils n'ont pas la moindre no-
tion ! ce qui ne les empêche pas d'en appeler encore
à ce qu'ils disent être la logique !... La logique !...
ils la défigurent elle-même, et la réduisent à ce que
Voltaire, dans une boutade, l'a réduite : L'art de
déraisonner, non certes par principe, mais bien ma-
chinalement par système !...

Mais, mon cher ami, là ou vous êtes, et même
en tous lieux, vous avez entendu parfois de tristes
avocats, d'épais procureurs, soutenir sciemment
les plus misérables causes, suer sang et eau pour
en imposer à l'auditoire, et invoquer effrontément
le droit et la justice en faveur de l'iniquité même.
Certains gaillards ont la même tactique, emploient
les mêmes moyens, pour se relever de leur échec
en fortification. On a vu des vaincus dissimuler
leurs défaites en faisant chanter des *Te Deum*. Nous
avons ici des gens qui, poursuivis, dépistés d'arguments en arguments, d'arguties en arguties, n'en-
tendent nullement se rendre ; et qui, guerilleros
ou sentinelles perdues de l'entêtement, trouvent

encore moyen de tirailler, ne serait-ce que dans le
vide, contre l'air ou sur des rochers granitiques,
en répétant à l'écart et d'un ton grotesquement
majestueux : Nous sommes dans la logique !

Oh ! la logique, voilà leur fort ; ils le disent du
moins, ils le répètent imperturbablement, et ce
mot, ils vous le lancent à brûle pourpoint et contre
le bon sens lui-même !

A ces intarissables, à ces inévitables argumen-
tateurs, nous nous contenterons, pour leur délasse-
ment, de leur poser deux petits dilèmes très innocents.

Ou vous croyez au patriotisme de la France,

Ou vous n'y croyez pas ;

Si vous y croyez, pourquoi dire que *tout est
perdu?*.....

Si vous n'y croyez pas, pourquoi vous présenter
comme ses véritables interprètes, ses seuls dé-
fenseurs, ses uniques oracles?....

Tout est perdu, dites-vous, parceque Paris va
devenir une immense citadelle et la première place-
forte de l'Europe!... Tout est perdu, dites-vous,
parce que fossés et palissades, courtines et bastions,
cassemates et remparts, forts et citadelles, tout
enfin ne sera qu'un infâme *embastillement!*...

Je n'adoucis ni ne dissimule les termes, je crois.

Eh quoi ! sans forteresses, parceque toutes pourraient être des Bastilles ; sans armées organisées,
parce que dans de certains cas, elles pourraient
devenir des Gardes Prétoriennes ; et sans canons,
peut-être encore, parce qu'ils pourraient éclater
dans vos mains, et que d'ailleurs Rome, Athènes,
Sparte et la phalange Macédonienne s'en passaient

très-bien ; sans tout cela enfin vous vous faites fort,
avec le simple élan national , l'enthousiasme des
masses populaires , quelques cris d'extermination
et quelques hymnes glorieux , vous vous faites fort
de parer à toutes les charges et mitraillades ennemies , de terrasser les bandes étrangères, de pour-
fendre , de renverser , d'anéantir , de pulvériser à
tout jamais les coalitions Européennes , de sauver
votre patrie, de la régénérer enfin. Vous pourriez tout
cela , dites-vous ; et parce que quelques hommes
dans Paris occupent la place que vous occuperiez
si bien , tout est perdu , et la tyrannie est triomphante !....

Avez-vous donc assez peu de foi dans le bon sens
de tous , dans les destinées de la France , dans la
force, la puissance, l'inévitable triomphe des principes démocratiques, pour venir sans cesse nous
faire un Croquemitaine de la tyrannie?...

Ou vos attirails de guerre défensive et envahis-
sante, vos superbes menaces et vos promesses sont
des hableries.

Ou vos frayeurs de bastilles sont des frayeurs
calculées, mais non réelles, et dès lors menson-
gères.

Mais laissons là les sourds et les aveugles vo-
lontaires ; laissons-les à leur prétendue logique.
Abandonnons aussi les dilèmes , et sans entasser
sillogismes sur sillogismes , adressons-nous simplement à l'honnêteté, à l'intelligence, à la sagesse,
au patriotisme, à la bonne foi.

Vous, mon cher ami, je sais que vous me com-
prendrez , ainsi que tous les purs désintéres-

sements, tous les nobles dévouements. Eh bien!
est-ce que lorsque tout est changé autour de nous
depuis bientôt cinquante ans, les hommes et les
choses, les besoins, les intérêts, le sol même de
la France, et les forces ennemies et l'art de la
guerre, et le principe, et les moyens et le but de
l'attaque, et l'objet principal de la défense; est-
ce que le simple bon sens ne dit pas de fortifier le
point le plus vulnérable aujourd'hui de notre vieux
sol gaulois, le point de mire incessant de toutes les
olygarchies européennes, le point vers lequel, prin-
cipalement, l'ennemi ferait converger ses masses,
si ce point restait ouvert, alors surtout qu'il n'est
qu'à 60 lieues de la frontière!

Paris est-il ou n'est-il pas le centre commun, le
grand réflecteur, le cœur, l'âme et la tête de la
France?

Du Rhin à l'Océan et des Pyrénées à Dunkerque,
est il une pensée qui ne vienne pas de lui?

Et si, dans toute cette vaste étendue, l'on ne parle,
l'on ne pense, l'on ne se meut et l'on n'agit que par
le *dire,* le *penser* et le *faire* de cette immense et glo-
rieuse capitale, est-il raisonnable, ou plutôt n'est-ce
pas folie ou aveuglement mille fois déplorable, dans
l'état actuel de l'Europe, de laisser ce boulevard in-
tellectuel, ce centre de nos richesses, de nos pen-
sées et de notre force, de le laisser, dis-je, toujours
découvert ou démantelé? Faut-il, quand le bélier
de l'ennemi se prépare de toutes parts à frapper
nos murailles; faut-il que semblables aux Grecs dé-
générés du Bas-Empire, nous allions nous épuiser

dans de misérables querelles individuelles, dans de honteuses luttes de partis? Faut-il écouter quelques charlatans et faire chorus avec quelques braillards? Faut-il nous rendre dupes de quelques pauvres et sales ambitions? Faut-il nous consumer dans des riens et discuter niaisement avec quelques empyriques et sur la grace efficiente et sur la grace efficace ou sur les faiblesses et les reculades de Barrot, ou sur les mérites de Berryer, ou sur les prétentions de Mauguin, ou sur les gambades de Dupin et les vieilles apostasies de Thiers, ou sur les amours secrets, les vieux ou nouveaux engagements, les regrets, les soupirs, les espérances et toutes les palinodies des Guizot, des Molé, des Pasquier i TUTTI QUANTI *ejusdem farinœ!...*

En présence des besoins du présent et des grands événements de l'avenir, faut-il enfin exposer fanatiquement et stupidement notre capitale civilisatrice, notre grand arsenal révolutionnaire aux chances des trahisons, aux hasards d'un instant, aux caprices d'un jour, aux extravagances de la fortune, aux coups des coalitions, à toutes les fureurs monarchiques et du dehors et du dedans?..

Mais à ces considérations qui ont eu la puissance d'occuper profondément les hommes de la science, les plus beaux génies, les plus grandes âmes, et la pensée, et les veilles d'un Vauban et d'un Napoléon, de ce Napoléon qu'admireraient les Alexandre, les Annibal, les César, les Gustave-Adolphe, les Turenne, les Frédéric-le-Grand, et qu'aujourd'hui des pantins et des myrmidons seuls osent insulter, à ces considérations que répondent nos prétendus logiciens?

Ils répètent de nouveau : « Paris n'a pas besoin d'être défendu ; il ne peut pas l'être, ou plutôt il ne sera jamais attaqué ; c'est sur le Rhin ou dans nos plaines que nous détruirons l'ennemi. » Bravo ! bravo !

J'espère bien en effet que c'est là aussi que l'ennemi sera détruit, si mieux encore il ne l'est pas sur son propre territoire ; je l'espère, dis-je, mais seulement quand nous serons sérieusement organisés, quand la trahison ne nous environnera pas, quand la base de nos opérations sera assurée, quand la France seule commandera, ou quand enfin un gouvernement en tout digne d'elle-même dirigera seul ses coups.

Mais en attendant, grands destructeurs ou plutôt grands discoureurs, faites-nous donc part de vos moyens tout nouveaux, et de votre haute stratégie ? — De la stratégie ! fi donc !... Est-ce que nous avons besoin de tout cela ?... N'avons-nous pas la panacée universelle, l'insurrection générale, les grandes mesures révolutionnaires, et des masses par millions pour dévorer l'ennemi !...

Hosanna! Hosanna! Ah! si en ce moment ou dans six mois, ou dans un an, ou même dans deux ans, vous avez tout cela, votre affaire est bonne, et toute fortification est désormais inutile.

Mais quoi ! l'ennemi chaque jour nous outrage, et les sommets des Alpes, et la rive entière du Rhin ne voient pas flotter nos étendarts ! Notre pavillon a disparu de l'Orient, le crime n'est pas puni, et vous dites avoir tout cela !....

Vous n'avez pas une Tribune à vous, et vous dites avoir tout cela !

La vertu est dans les chaînes, et vous dites avoir tout cela !

Des lois, dites de septembre, pourraient impunément vous faire crucifier, et vous dites avoir tout cela !....

A moins de cent mille francs de cautionnement, et de cent mille autres francs de première mise, devant payer encore 50 pour $^0/_0$ d'impôt, vous ne pouvez établir un simple journal quotidien, et vous dites avoir tout cela !....

Une seule feuille dans Paris, s'élevant au-dessus des petites passions qui vous agitent, traite seule, discute seule avec talent, avec science, loyauté, mesure, indépendance et dignité, les grands, les nobles, les véritables intérêts de la Patrie, et cette feuille vous prétendez la flétrir !.... Plus que vous tous le pouvoir la redoute, et c'est avec frénésie que vous la signalez au fanatisme de quelques ignorants ! — Et en face de l'étranger et de la trahison, vous vous croyez les héros d'une insurrection générale, les législateurs d'une Révolution sociale et humanitaire !....

Le plus noble des prolétaires de la terre, le plus pur et le premier des républicains, Christ lui-même, ne pourrait être un simple électeur, et vous dites avoir tout cela !

Socrate et Aristide ne seraient rien parmi vous, et vous dites avoir tout cela !....

Moïse, Confutzée, Zoroastre, Minos, Lycurgue, Solon et Numa, ces législateurs des temps antiques, s'ils revenaient parmi nous, et qu'ils n'eussent pas d'héritage, ou que le hasard d'ici bas ne leur fît payer qu'une redevance fiscale de 199 fr. 99 c., et non un centime de plus, ne pourraient se présenter dans l'un de vos bourgs pourris, à côté d'un sot enrichi, d'un oisif inutile ou corrompu, d'un pétrat ignorant, d'un scribe du pouvoir, d'un cuistre décrassé ou d'un valet de la veille, ou même du jour, et vous dites avoir tout cela !...

Le talent, les nobles et utiles services, la science, le génie, la gloire, la vertu, s'ils ne sont pas riches, n'ont aucuns droits de représentation ; et un vil agioteur, et un infâme usurier, et le fils d'un banqueroutier engraissé par les vols de son père, et vingt mille exploitateurs du peuple, vingt mille Robert Macaire et cent mille imbéciles peuvent vous imposer des législateurs !... Et vous croyez encore pouvoir marcher à l'ennemi extérieur, sans aucune précaution et sans regarder en arrière !...

La matière, la grossière matière a seule en France, en ce moment, le droit de suffrage ; et quand tout entière elle pèse sur vous, vous croyez en quelques jours triompher en citoyens !

Vincent de Paule et Fénélon, Corneille et Molière, Pascal et Bossuet, Jean-Jacques et Montesquieu, Turenne et Catinat, Hoche et Desaix, Châteaubriand et Laménais, restés pauvres, n'auraient pas même le droit de choisir un simple conseiller municipal, et vous croyez pouvoir agir en

vrais enfants de la France , et comme si vous étiez
libres !...

Vous ne pourriez tirer vengeance ou faire punir
un juge, qui, sous prétexte d'instruction , outra-
gerait la pudeur de vos femmes et de vos filles,
et vous croyez pouvoir frapper comme vos pères !...

Un misérable alguasil peut vous faire jeter six
mois au fond d'un cachot, quoique vous soyez innocents , et nulle loi n'est là pour le punir, et vous
parlez comme si vous étiez encore sur les ruines
fumantes de la Bastille ! !...

Mais au milieu de cet ignoble matérialisme qui
nous dévore, où sont les serments du Jeu de
Paume? Quelle autre voix de Mirabeau a chassé les
maîtres des cérémonies et fait pâlir et trembler tout
à la fois l'arrogance, l'astuce, l'hypocrisie, la trahison au fond du palais même d'un Louis XIV?...
Quel Camille Desmoulins a lancé le peuple contre
ses oppresseurs ?... Quelles Gardes-Françaises ont
amené leurs canons?...

Quels hommes de la France, quels hommes véritablement du peuple, quels géants révolutionnaires, quels nouveaux Maîtres de la foudre , en face le
limon impur de toutes les diverses aristocraties ,
en face les tristes et honteux héritiers des Feuillants
et des Girondins, n'auraient qu'à frapper de leur
pied la terre de la patrie, pour en faire jaillir des
bataillons, et lancer à la fois quatorze armées à la
frontière !...

Dix ans de roueries, de lâchetés , de parjures et
d'infamies ; dix ans de hontes sans cesse répétées,
et d'ignominies toujours renaissantes , n'ont pu

encore ouvrir tous les yeux ; et loin de ce Paris ,
ce grand laboratoire de la pensée , cette nouvelle
reine du monde , cette brillante en vivifiante étoile
des nations , mais l'éternel cauchemar des rois et
le perpétuel objet de leurs vengeances , vous croyez
pouvoir affronter tout à la fois les trahisons , et
foudroyer sans retour les bandes étrangères !...

Mais pour parler et agir en Romains , en Spar-
tiates, ou mieux encore en dignes enfants de 1792,
et de toute l'immortelle période républicaine, êtes-
vous donc les vainqueurs du 10 août ?... Où sont
les fers que vous avez brisés ?... Quels outrages
avez-vous vengés ?... Quels attentats avez-vous donc
punis ?.... Quels grands et nobles , quels saints et
purs , quels bienfaisants et salutaires principes
avez-vous donc su faire triompher ?...

Répétons-le : à d'autres temps, d'autres néces-
sités.

Quand tout est changé autour de nous depuis
bientôt cinquante ans , les hommes et les choses ,
les besoins , les intérêts , le sol même de notre
France , et les forces ennemies, et l'art de la
guerre, et les moyens et le but de l'attaque, tout
nous dit aussi que désormais il nous faut trouver
d'autres moyens de défense , d'autres moyens de
commander encore à la victoire.

L'ennemi n'est pas prêt, sachons en profiter.
Ne laissons rien au hasard et rendons à l'avance
toute trahison impuissante. La lutte de la barbarie
contre la civilisation sera terrible ; il dépend de
nous qu'elle soit enfin la dernière. Assurons-nous

d'une base d'opération indestructible, inattaquable, infranchissable , qu'aucun événement ne puisse compromettre ; fortifions notre grande capitale !... Maîtres bientôt du présent, planons sur l'avenir !.. Faisons que Paris soit à jamais , non seulement la reine des cités , mais l'éternel et premier boulevard de notre empire, et la grande citadelle des peuples !....

Fortifions-nous en tout, par tout et pour tout. Avec les souvenirs de notre vieille gloire , ayons les vertus de la liberté ; avec l'enthousiasme de nos pères, ayons aussi leur indomptable courage, leur désintéressement , leur dévouement, leur abnégation. Que la patrie seule soit notre idole , comme seule elle est notre mère ! La France ne s'est sauvée, elle ne s'est retirée de l'abîme, elle n'a grandi, elle n'a vaincu, elle n'a triomphé, elle ne peut être respectée, elle ne peut être heureuse que par les principes d'égalité civile, politique et sociale de tous devant la loi. Faisons que cette loi ne soit pas le droit d'octroi de quelques individualités , mais celui de la nation elle-même dans la généralité de ses citoyens. Faisons que cette même loi ne soit pas le caprice , le calcul, le marche-pied, le billet d'encaissement ou le monopole de quelques uns, mais l'expression réelle, sincère, loyale, généreuse et bienfaisante des besoins , des intérêts, de la moralité , de la volonté de tous. Que la dignité de l'homme ne soit pas rabaissée au-dessous , ni même au niveau de la matière. Démontrons à tous que ce qui était immortellement vrai dans la bouche du tiers-état, en 1789, et en présence des vieilles aristocraties et de tout l'échafaudage antique, n'a pas cessé d'être immortellement vrai, par cela seul que quelques grossières ambitions, quelques insolents orgueils. quelques ignobles égoïsmes, quelques sottes vanités et quelques misérables et plates rapacités trouvent désormais que tout est bien en ce bas monde ; que tout y est pour le mieux, que tout y est admirable, alors qu'ils ont la panse, le coffre-fort ou la sacoche remplies, et que loin des misères et des souffrances de la société, tout duvet leur est doux !

Démontrons encore qu'il est à jamais impossible que d'ordurières aristocraties puissent être moralement et solidement substituées aux aristocraties que le temps et la raison ont abattues. Démontrons à tous que si le capital est une marchandise, l'œuvre du créateur est plus que cela ; que si le hasard et l'oisiveté ont *leurs franchises*, le travail a ses droits. Ouvrons enfin les yeux aux plus aveugles ; appelons la réforme, et la réforme arrivera ; elle arrivera malgré la sottise, l'égoïsme. les superbes dédains, la lâcheté, et voire même les machiavéliques combinaisons, et toutes les roueries de quelques uns. Oui, elle arrivera. Un grand peuple peut par fois sommeiller, et peut même encore par fois s'égarer, mais il ne vit pas de honte, et des haltes dans la boue ne sont pas des haltes françaises.

La réforme conquise par la raison et le droit, par la fermeté unie à la sagesse, si l'ennemi vient !...

si l'ennemi ose!.... alors, comme alors!.... La France appuyée sur elle-même. la France tout entière, et debout comme un seul homme, la France chassant devant-elle tout ce qui l'outrage, et donnant la main à tous les peuples, vengera l'Europe, vengera l'humanité des attentats des rois.

www.ingramcontent.com/pod-product-compliance
Lightning Source LLC
Chambersburg PA
CBHW060859180626
46818CB00004B/1768